NOCRION

Conte Allobroge.

1747.

A MONSIEUR ***.

J'Ai reçu Monsieur, le Conte que vous m'avez envoyé à ma Campagne, il ne m'a pas eté possible d'en faire usage: quelque plaisant qu'il soit au fond, le titre seul auroit avec raison, revolté toutes nos Dames. Vous m'en parlez dans votre Lettre, comme d'un Ouvrage nouveau, vous vous trompez, vous avez certainement dans votre bibliotheque le Livre du President Fauchet, dans lequel il rapporte les noms & sommaires des Oeuvres de cent vingt-sept Poetes François vivans, avant l'année 1300, *vous y trouverez à la page* 179.

Garin 92. Poete.

A fait un fabliau, intitulé, le

Vous y lirez le titre tout au long & ensuite quelques Vers de ce tems du même Auteur, qui n'ont presque pas de rapport au Conte, après lesquels le President Fauchet parle ainsi. C'est un conte de lourde mansonge & dont je fais mention, pour montrer à quoi de ce tems là, on prenoit plaisir, & quelles inventions étoient estimées & plus agréables.

Soit que le President n'ait pas voulu donner d'extrait de cet Ouvrage, ce qu'il a fait de bien d'autres presque aussi gaillards, parce qu'il lui a paru peut-être écrit en termes trop licentieux, soit qu'il n'en ait jugé que sur l'étiquette, il ne dit pas un mot du fond du fabliau, qui est très-plaisamment imaginé ; j'ai cru, Monsieur, que le moyen d'en rendre la lecture supportable, étoit de le mettre en vieux François. Ce langage autorise des expressions dont on ne s'effarouche pas comme on le feroit aujourd'hui, & ne pouvant faire mieux, je me suis sauvé par le moyen d'un mot que j'ai emprunté de l'Allemand. De plus j'ai imaginé un Prince malade, dant la guérison dépend d'un récit qui puisse dissiper son humeur noire. C'est une espece d'avant propos que j'ai mis aussi en vieux stile autant bien que je le pouvois à la Campagne, où je suis sans aucun livre ancien, que le President Fauchet, & les facétieuses nuits de Straparolle; & j'y ai ajouté une façon d'epilogue, laquelle termine le premier Conte qui a donné lieu à celui de Garin.

Cet Ouvrage, s'il doit meriter ce nom, a été fait en moins de 24. heures; j'en donnai aussi-tôt le regal aux Dames que vous connoissez, & qui etoient chez moi avec leurs maris. Comme elles ont lû quelques vieux Romans elles n'eurent pas besoin d'interpréte; & sans se gendarmer du mot Allemand, elles ne purent s'empêcher de rire de l'idée comique & extravagante de l'Auteur de ce fabliau: que pour le fond du Conte; ainsi que vous le verrez, j'ai pris la liberté de corriger dans trois ou quatre endroits.

Je vous estime aßez discret pour ne faire aucun usage de tout ceci; vous me desobligeriez extrêmement, c'est une folie qui m'a paßé par la tête, dont vous êtes complice, si elle a plû ici, je suis sûr que la complai-

ſance y a plus de part que toute autre choſe ; & je compte que vous me renvoyerez très-promptement mon Original ou plutôt mon Broüillon ſans en tirer copie. Je vous avoüe que je ne vous pardonnerois pas de le rendre public. Je me flatte que vous m'aimez aſſez pour ne me pas donner cette mortification, & que vous n'abuſerez pas de la confiance entiere que j'ai en vous. Bien des reſpects pour votre chere Epouſe, & croyez que je ſuis avec l'amitié la plus ſincere,

Votre, &c.

Ce .... Dec. 1746.

NOCRION,

CONTE ALLOBROGE.

GUIGUE VI. Roi des Allobroges (1) surnommé Amançon le Gaillard, parce que en ses dits & propos avoit toujours le mot pour rire, chût dans telle grieve & étrange maladie pour avoir été par trop brusque soldat de Cupidon, & asservi à Dame Cyprine, que bien que jeune encore, en étoit devenu à bien peu nul, & tout élangoureux, si que angoisse doloreuse & rongearde le minoit petit à petit, & faisoit appréhender que ne finât malheureusement bien-tôt ses

(1) Les Habitans du Dauphiné.

A

jours ; quelque diligence que Bietrix sa mere, appellée la Roine Blondine, à cause de la couleur de sa cheveleure, mit a y chercher remede ; les Myres (1) & Physiciens (2) assemblés par son ordre, loin par leurs topiques d'y apporter soulagement ; ains au contraire empirerent son mal, & soi trouva le Roi si rempli de merancolie, que rien plus, au moyen de quoi on ne l'avoit veu rire de plus de six mois en ç'a, lui qui avoit de coutume de gaber (3) à tous venans. Adonc la Roine qui étoit la plus cointe (4) & vertueuse Princesse dont oncques l'on eu entendu parler, jouant alors à quitte ou à double, députa vers un ancien Chevalier, le plus sçavant & usité en l'art de Nigromancie qui fut

(1) Chirurgiens.
(2) Médecins.
(3) Railler, plaisanter.
(4) Belle, jolie, bien mise.

pour lors vivant pour sçavoir d'icelui se il n'y avoit pas espoir de guarison.

Le Chevalier Nigroman après consultation des astres & influances, répondit que jamais ne guariroit le Roi des Allobroges, si ce ne étoit que après avoir été baigné par sept jours en l'eau d'une Fontaine qui étoit vers les marches d'Allobrogie sur une haute montagne appellée Artiphée, & été ressuyé par sept belles Pucelles nuës, il ne se rancontroit par après quelqu'un, qui par menus devis & propos joyeux, ne eut le secret de fondre l'humeur noire du Prince, de lui dilater la ratte & de lui rechaufer le cœur que avoit tant engourdi.

La Roine oyant telle réponse, tomba en grande admiration d'icelle & de la nature du remede, & fit moult beaux préparatifs pour mener ſon fils à la fontaine d'Artiphée ; Chariots, Chevaux, Mulets, & autres Bêtes de ſomme tiroient équipages commodes, & ſomptueux, & le Roi Guigue, & la Roine Bietrix ſa mere ſuivoient dans un Char découvert, précédé par Harpeurs, Fluteurs, Jongleurs, Troubadours & Baſteleurs, les plus idoines & experts pour jongler, gaudir & baſteler le Monarque ; mais iceux avoient beau employer geſticulations ridicules dans leurs danſes & recits ; leurs chanſons, Laïs virelais & ſirvantes (1) deſtinés à le ébaudir, ne firent que agraver ſon ennui & faſcherie.

Enfin après avoir cheminé par pluſieurs jours, l'on arriva à la Montagne Artiphée ; Amançon baigné dans la fontaine pendant ſept jours, & reſſuyé & reſchauffé

(1) Satires.

par ſept friſques (1) & gentes Pucelles de quinze ans que la Roine mere avoit recouvert avec grand peine & ſoin, sembla prendre tant de plaiſir, dans les mains de ces belles filles, que l'on aperçu quelqu'une mutation en icelui, & que en après les ſept bains; les Myres & Phiſiciens qui le gouvernoient, publierent que le peril en étoit hors, & ne falloit plus que chercher quelque autre moyen propre, pour divertir le Monarque de ſon humeur triſte, par récit joyeux & qui emporta la piéce, puis que les Jongleurs, & toute la gent comique ne y avoit fait œuvre.

La Roine dans ſa detreſſe, eut encor recours au Chevalier Nigromancien & lui ayant député, un ſien majordome avec préſens de robbe & chappels (2) en broderie

(1) Jolies, Mignones.
(2) Chapeau.

de orfrois, (1) icelui Chevalier inſtruit que les Pucelles avoient ja, un tentinet fait revenir l'eau à la bouche d'Amançon, manda à la Roine, que après avoir feüilleté ſes Livres, & Grimoires, avoit trouvée que audites Pucelles, étoit réſervée la guariſon de ſon fils, que a donc pour y parvenir, chaqu'une des ſept eut à lui narrer une hiſtoire joyeuſe & gaillarde, ſous promeſſe que celle qui le faiſant rire le plus, en tireroit ſigne certain de ſanté, deviendroit Roine des Allobroges, & partageroit ſon lit royal avec lui.

La réponſe venuë donna grand ébaïſſement à la Roine Mere, & moult de joyeuſeté & penſement au cœur des pucelles, qui toutes ſept bien Damoiſelles étoient, & de extraction noble, choſe rare & merveilleuſe en ce tems! Aman-

(1) Plaque d'argent d'Orfevrerie.

çon qui les avoit nuës examinées sans y trouver surot ni malandre ; ains blanche peau, tétons fermes, belle chute de rheins, fesses rebondies, cuisses rondes, pieds petits, jolis minois, & le reste à l'avenant, ne étoit mie fâché de la condition imposée par le Nigromancien, puisque dans son pis aller ne pouvoit que tomber de bout : de rire ne manquoit d'envie, ains ne le pouvoit faire, bien que y dressa sa volonté, du tout a donc se refera au Chevalier, & étant donné terme de trois jours aux pucelles pour se remembrer (1) leurs histoires ou fablieaux ; enfin le tiers jour venu la Roine ayant mis dans son devantier sept bulletins, dont sur chaq'un de iceux étoit inscrit le nom d'une des pucelles, les fit tirer au sort, pour que aucune ne eût avantage de primauté sur ses compagnes :

(1) Rappeller dans la mémoire.

les ſix premieres tirées, réciterent au Roy l'une après l'autre, en préſence de la Roine Mere, du Grand Sénéchal & du premier Sécrétaire, leur conte, que icelui écrivoit à fur & à meſure ; mais bien que ils fuſſent tant plaiſans, & remplis d'avantures badines & ridicules, le Roy ne en fut ému, & n'eut meſtier de rire; or quand ce vint au tour de la derniere pucelle, laquelle iſſoit de la noble Maiſon de Italie, appellée Nocrion, dont portoit le nom, & qui avoit ententivement écouté les ſix autres, elle vint à trembler comme feüille, & ſoy jettant aux pieds d'Amançon, Sire, dit-elle, toute craintive, je ſerois prête à vous raconter le fabliéau le plus étrange que oncques oüiſtes, & le aurois ja commencé, ſi ne fut un mot ſeul qui me arréte. Quel mot, reprint le Roy tout ébahi? Eſt-il tant eſſentiel que ne puissiez vous en passer? Oüi voirement, dit la pucelle, & la pudeur vergogneuse me enjoint de ne le prononcer; mais je vous le ordonne, répliqua le Monarque. Ah! Sire, dispensez me en, ou me enseignez un équivaillant, lors je obéirai, car ne suis assez grande clergesse pour cela.

La Roine Blondine présente à la querelle en fut toute rouge de colere; & comment sotte voulez vous que mon fils le vous dise, s'il ne sçait de quoi il se agit? vous en avez autant & plus que moi, Madame, ajouta la pucelle, & le pouvez nommer si le voulez, bien est vrai que il est d'autre couleur, & bien plus qualifié: je veux mourir si je y entend rien dit la Roine, cette fille a l'entendement bestourné (1). Quand est de moi je cuide, si ne me trompe, estre au fait de ceci,

(1) L'esprit renversé.

repliqua Amançon, en souriant d'un ton malin, Noction moult honteuse ne sonna mot, la Roine en fut toute vermeille; & le Roy continuant son propos: bien, Madame, donnons-lui donc un nom, & nous sçaurons une histoire dont le prélude si fort me intéresse. La pucelle baissa la veue, & par son silence ayant fait comprendre que il avoit deviné le Enigme, Bietrix qui de prime abord avoit été tant embarrassée que rien plus, s'éclafant de rire, oh! Sire, reprit-elle, dites vous-même le mot si le voulez, il sera meilleur en votre bouche que en la nostre, impossible est que de nous puisse sortir parole si effrontée & audacieuse; mais pour autant, ayant égard à pudeur féminine, adonc servez-vous des anagrame, périphrase, l'ologriphe, ou autre moyen duisant, pour que la pucelle puisse satisfaire à votre plaisir & vous rendre vigueur & santé. Oh ! dit le Prince, bien facile est la proposition, mais l'exécution mal aisiée : le anagrame seroit par trop court & intelligible ; la périphrase par trop longue & confuse ; & le lologriphe par trop obscur & embarrassant ; faisons mieux, je sçai un peu les Langues Etrangeres, voulez-vous que je lui donne un nom Latin, Italien, Espagnol, Allemand ? Je aimerois mieux, reprint la Royne, que ce fusse en langage de Allemagne, personne de nous ne le entend ; à tant la pucelle le prononcera sans rougir, & nous l'oyerons sans qu'il blesse nos pudibondes oreilles : bien donc, gente pucelle, dit le Roy, sçachez que dans tout le pays des Allemands, ce que ne osez nommer s'appelle *fotz*, souvenez-vous en bien. Commencez adonc votre fablieau, & parlez hardiment ; tant plus il sera gaillard, tant il me fera plaisir : vous, mon Sécretaire, soyez attentif, & ne en perdez un mot.

Adonc Nocrion se estant par la volonté du Roy assise vis-à-vis de lui dans une chaise à dos, parla ainsi à voix haute & claire.

Il y avoit autrefois, Sire, un gentil Chevalier, qui pour sa beauté & sa corporence étoit sans parangon. Pour le bel (1) engin, la forte membrure, nul ne lui étoit comparable ; & n'y étoit d'autre vice en lui que d'avoir petite chevance & richesses à l'avenant. Dans cette situation où icelui étoit sans presque denier ne maille, on publia chez le Roy de Portingal un (2) behour & tournois où tous Chevaliers étoient invités, sans que nul pût soy dispenser

(1) Esprit. Jean de Meung dans son codicile dit élevons nos engins & nos affections.

(2) Joute, combat.

penſer de y entrer en lice & de tournoyer, ſi ne vouloit commettre ſon honneur, & paſſer pour couard &vilain.

Adonc noſtre Chevalier que on nommoit Amador le gentil, vendit ou mit en gage le petit bien dont légierement & non ſans peine ſe ſubſtantoit pour ſe mettre en route, acheta un deſtrier ; (1) print un Eſcuyer, & fit fourbir ſon armure pour qu'elle fut propre à la jouſte.

Après avoir cheminé pendant cinq jours, Amador & l'Eſcuyer arriverent dans un prez és environs d'une fontaine de la plus belle eau qu'il fut poſſible de voir ; icelle étoit entourée de pins verds, & bien plantés & formoit maints ruiſſelets qui arroſoient la tendre herbette ; là, apperçeurent trois jeunes filles de beauté ſupernaturelle,

(1) Cheval de Bataille.

qui ſoi lavoient dans la claire fontaine ou prenoient leurs ébats & déduits ; leurs guimples, atours, coëffes, ornements de tête ; leurs vetements couverts de riches recamures (1) & leurs blanches chemiſes du plus fin lin, giſſoient au pied d'un arbre qui par ſon ombre touſue les entretenoit à l'abri du Soleil.

Cette veüe auſſi inopinée que merveilleuſe, occupa quelque tems le Damoiſel, ſans peur du ſort malencontreux de ce chaſſeur qui mué en cerf, fut dévoré à belles dents par les chiens de ſa meutte ; il demeura coi, en ces lieux champeſtres, ne regardant que avec envie telles beautés livrées ſans voiles aucuns à ſes regards audacieux, & ſur le tout ententivement conſideroit leurs blancs-tetins les mieux trouſſés que l'on eut ſçeu rencon-

(1) Broderies.

trer, qui ne avoient moins de puissance de attirer, & retenir un si gentil Chevalier que le aimant le fer, & le ambre le festu ; & eussent émus les Hermites même de Thebaïde, au point de leurs faire désirer le dernier point de la félicité amoureuse.

Tandis que Amador retenant son haleine, étoit ainsi regardant ces gentes femelles ; l'Escuyer plus atteint du désir de soi emparer de leurs accoutrements, que des beautés de leur deshabillé, sauta jus de son cheval, prins leurs habits les mit en crouppe derriere lui & marcha en avant : Les trois Baigneuses ce appercevant & en même moment Amador, lui en firent leurs doléance ; le Chevalier plus que outré de l'insolence de son Escuyer, piqua fierement son destrier après lui, & ensuite de aigres remontrances, le contraignit à reporter les hardes, & linges où y celui les avoit prins; puis craignant avoir encouru l'inimitié de ces trois Dames pour les avoir ainsi par trop nuës considérés, ou de estre féru de leurs beautés sans espoir du guidon de amoureuse mercy, il print congié d'icelles sans mot dire avec non moins de grace que de politesse.

Quand le Chevalier s'en fut parti, ces trois personnes, de beauté plus que humaine, puis que elles étoient voirement Feés, se reprochant de n'avoir pas reconnu par quelques dons, l'honnêteté d'Amador, le rappellerent, il seroit indague (1) & malhoneste gentil Damoisel dit la plus âgée, que Fées telles que nous, fussions en reste avec vous, parquoi voulons chaqu'une vous faire un don, voici le mien; vous serés bien veigné (2)

(1) Indécent. (2) Reçû.

& accueilli de tout un chaqu'un, & sur le tout du beau sexe, près du quel serés renommé par vos proësses & par tout lieux où vous paroistrés, on vous offrira à l'envi, chevance & argent, de sorte que ne serés plus jamais en disette de bien quelqu'oncque; moi dit la deuxiéme Fée, je entend lui faire un présent nouvel, & moult singulier...... en celui endroit la Pucelle soi arrestant rouge comme charbon, & le Roi la jugeant en embaras, si ce est le nom Allemand que vous avés oublié il s'appelle *Fotz*, dit-il, poursuivé. Bien donc, Sire, reprint la fille; la Fée lui dit en riant, je veux que tout *Fotz* que il voudra interroger soit forcé de répondre aux questions que lui fera ce courtois Chevalier.

Ma sœur adjouta la troisiéme votre présent n'est mie complet, je le parachеverai; par ainsi je prétends que, où par impreveu événement le *Fotz* ne pouroit parler son voisin réponde pour lui.

Amador qui n'avoit jamais veu de Fées & ne cuidoit pas que ces belles Nayades fussent telles, demeura moult estonné de leurs gaillards propos, & pensant que avoit voulu se gaber de lui, les quitta assez brusquement, & rejoignit son Escuyer, auquel récita les dons extraordinaires que il venoit de en recevoir, ains plutôt les railleries que il se persuadoit avoir essuyé d'icelles.

L'Escuyer en faisoit encore de grands éclats de rire; quand un Damp (1) Abbé, lequel sur sa monture alloit traverser la voye où ils s'entretenoient, ayant choisi (2) le Chevalier, piqua vers icelui, mit pied à terre, & humblement

(1) Damd vient de Dominus, Dom.
(2) Apperçu de loin.

le supplia, de recevoir tout ce qui étoit pour alors de sa dépendance. Amador confus ne sçavoit que répondre, quand l'Escuyer lui approchant de l'oreille, par Mr. Saint Avertin, lui dit-il, le fait n'est mie douteux, ce sont Fées, les dons ja operent. Pour en juger sans point de faute, interrogez le *fotz* de la jument, ce en est une qui sert de chevauchure à Damp Abbé; le Chevalier ne fut brin retif à l'avis & y ayant regard. *Fotz* de jument, dit-il, apprends-moi où va ton maître; il va, répondit le *fotz* d'une voix enrouée, mais distincte, voir sa mie, & lui porter l'argent de la sacristie & du revenu de l'abbaye, pour acheter robes & escoffions.

Damp Abbé, plus que emerveillé de entendre parler sa monture par endroit si nouveau, en cuida mourir de frayeur; il jette habit, bourse, & tout ce qui lui étoit nuisible à soy sauver, prend la fuite à beau pied sans lance, & ne ose jetter un regard sur sa jument que il croit possédée de Luciabel (1), ou tout au moins de Béelzebut. Amador le appelle en vain, il court; adonc le Chevalier mettant à bas tout scrupule, se empare de la dépoüille du Moine, que il prent comme un présent de la premiere Fée.

Après avoir chevauché par monts & par vaux les quatre jours ensuivans, Amador & l'Escüyer arriverent sur le vespre au Chastel d'une jeune, gente & riche veuve, qui ce jour étoit en nombreuse compagnie. Dès l'abord que il parut, tout le monde lui vint au devant, & à peu ne tint que la Veuve & toutes les Dames de sa suite ne se le arracherent; c'étoit à qui lui feroit plus de blandices & caresses.

(1) Lucifer.

Le Chevalier fut d'autant mieux content de l'accueil, que la Dame Chatelaine étoit frisque (1) gaillarde, & joignoit à beauté non commune, esprit presque céleste. Les tables levées, la Veuve retenuë par la présence d'une sienne Tante, qui de peur des esprits, avoit fait dresser une couchette dans sa chambre, fit conduire Amador dans un appartement non moins superbe que entendu; & il n'y fut pas plutôt entré deux blancs linceüils tous parsemés de rose, que la Veuve appellant la plus jeune de ses femmes. Or çà ma mie, lui dit-elle, tout bas, allez tenir compagnie au bon Chevalier Amador, qui semble un épervier, tant il est éveillé, gai & mignon, & lui dites que à votre place, je irois moi-même, si ce ne est ma Tante, dont la présence m'est

(2) Jolie, mignone.

enhui (1) insupportable & moult incommode.

La fille rouge comme braize, à peu ne tint que ne obéit point au commandement, tant sage étoit & vergogneuse; saintes loix, dit-elle, en chemin! protectrice de mon honneur, éveillez-vous & regardez le mal qui lui pend à l'oreille, ne permettez que je succombe, & que en faisant le vouloir de Madame, je laisse aussi flétrir le bouton épanoüissant, la rose vermeille & la fleur non éclose de ma virginité qui me ont fait jusque enhui marcher la tête levée; telle étoit de premier abord la résolution de la suivante, mais n'y persista longuement: ains par le pouvoir forcé de la Fée (faut croire) poursuivit sa route avec une dévotion toute autre que dire ses heures, & si elle fut aise par la

(1) Aujourd'hui.

ſuite, pas ne ſaut, Sire, le requerir; par quoi vint ſe couler tout bellement dans le lit du Chevalier qui commençoit à ſoy repoſer. Qui va là, dit Amador, ſe éveillant en ſurſaut, & ſentant quelqu'un ſe gliſſer auprès de lui; ne ayez peur, répondit la Dariolette (1), en lui baiſant la main que elle lui porta dans la ſuite ſur ſes tétins: Je appartiens à Madame, qui en ſa place me envoye devers vous, de peur que tout ſeul ne vous ennuyez cette nuit. On peut bien ſe imaginer ſi le Chevalier ſentant la douceur & fermeté de peau de la ſuivante, la reçut mal, ains au contraire la embraſſa tant à ſon avantage & de telle ſorte, que il lui fit danſer le branle guai, où l'on fait les filles, femmes, & expérimenter, le mal (que on dit Sire) qui ne ſe ſent que au premier

(1) Fille ſuivante.

aſſaut de telle forteresſe, bien eſt vrai (dit la cronique de cette hiſtoire véritable) que la voyant dans l'abord, un peu fâchée & ébaïe de cette premiere ſecouſſe, fit ſoudain la ſeconde charge & pluſieurs autres par après, le tout ſuivant le don de la Fée; ce qui plut tellement à la Dariolette, que ſans plus penſer à la cuiſante desfloraiſon, y print ſi grand gout, que eſtoit preſte encore à demander que il recommençât, quand Amador en la careſſant & lui temoignant vouloir prendre quelque repos, fit ſigne du doigt au *forz* de répondre, & lui dit, mon joli ami, apprenez-moi ſincerement de quelle part vous êtes ici venu. Ce eſt Madame qui le me a commandé, ne pouvant venir elle-même, répondit il, on vous en a déja aſſeuré.

La pauvre ſoubrette émerveillée de ſe entendre ainſi parler ſans ouvrir

vrir la bouche fut si tellement frappée d'effroi, que sortant brusquement du lit se enfuit en chemise dans le cabinet de la Chatelaine sa Maîtresse. La Dame qui étoit à se pimpelotter (1), la voyant ainsi toute hors d'elle, lui demanda la cause du peu de séjour emprès d'Amador : ah ! Madame, répondit en tremblant la fillette, bien est vrai que le Chevalier est gentil & rude jouteur, quoiqu'il ait sonné la retraite un peu plutôt que ne aurois voulu, pour l'aise & bien de ce plaisir que ne connoissois encore ; mais il me a semblé si doux, que ne sçavois si ce étoit fantôme ou chose véritable ; en maniere que cette effrenée volupté a cuidé chasser l'ame de mon corps pour occuper par trop de place en mon cœur. Cependant le courtois, & presque

(1) Se faire accommoder pour être pimpante.

infatigable Amador, a un vice par trop grand & anguillonneux (1). Quel est donc ce vice, soy s'écria la belle Veuve ? Ah ! Madame, repliqua la Suivante, il a le secret de faire parler les *sotz*, ils répondent juste à ses demandes. Quels contes me faites ! reprint la Chatetelaine, en soy éclasant de rire, je ne exige pas que me en croyez sur ma parole, dit la soubrette, mais je le ai entendu de mes deux oreilles : je en jure par M. Saint Guignolet, & serois encore côte à côte du Chevalier ce ne étoit la frayeur que m'a causé si singuliere avanture ; au demeurant, si n'adjoutez foi à moy serment, faites-en vous-même épreuve. Allez sotte, dit la Dame d'un ton sévere, allez couchier, nous verrons demain ce qui en sera, pour moi je vais me mettre au lit.

(1) Cauteleux, malin.

Le Chevalier avoit ordonné ses affaires pour partir le lendemain à matin, quand la Dame du Chateau épreinte de curiosité, mit à profit le sommeil de sa Tante, & entra dans la chambre de Amador qui ja étoit levé, pour de lui octroyer encore un jour de résidence sous prétexte plausible & apparent; ce que ayant obtenu & le prenant par la main, Seigneur Chevalier, lui dit la Veuve, bien que jeune, je ai veu du monde de tout pays & état, qui plus est, je ai beaucoup entendu réciter histoires étranges & merveilleuses, mais rien ne peut estre apparagé (1) au plaisant talent que l'on dit que possédez. En dois-je croire ma fille de chambre? & que vous a-t-elle dit, ma belle Dame, reprint Amador? chose du tout incroyable & ridicule, que faites parler les *fotz* quand vous plaît, cela

(1) Comparé.

voirement eſt impoſſible. Rien n'eſt pourtant plus véritable, repliqua Amador, avec non moins de douceur que de modeſtie, ſi le voulez en ferez experience ſur l'heure. Certes, dit lors la Chatelaine toute ébaïe, je veux ſçavoir le vrai de cecy, & malgré ce que affirmez ſur l'article, je gage bien mon diamant contre cent pieces d'or que jamais ne feré parler le mien.... Je tiens le pary, repliqua Amador, & me engage à lui faire dire au moins trois mots, quoique légerement fatigué de..... ſept ſi le pouvez, interrompit la Veuve, je le vais préparer à vous donner audiance, & reviens dans le moment faire apparoir votre béjaune.

La Chatelaine en achevant, ſoy retira dans ſon cabinet; mais le diſcours de la Dariolette & le ton ferme du Chevalier ayant mis ſon eſprit ja allarmé en détreſſe, à tout hazard, & pour ne perdre la gageure, elle se avisa d'une précaution plaisante, mais non moins sage que utile, pour ôter la parole à ce que on vouloit lui faire accroire estre une bouche; & moult contente de la ruse, revint par après toute joyeuse retrouver Amador. Or voyons à présent dit-elle, beau Chevalier, l'effet de votre pouvoir magique, interrogez à votre aise... Amador regardant lors la Veuve qui tant belle étoit, de sorte que tout ébahi de sa grande beauté, il lui répondit, par ma foy, Madame, mon cœur, mon corps & toute ma chevance est à votre commandement, ne n'est rien qui vous peut plaire, que ne fisse volontiers, tant est doux votre regard & belle contenance.... Il ne est question de doucereux compliment, reprint la Veuve, il se agit de la gageure convenuë, nous parlerons en après du reſte. Bien donc, repliqua le Chevalier, mettant un genoüil bien humblement à terre, Sire, *fotz*, objet de mes plus chers deſirs, apprenez-moi ce que votre tant belle maîtreſſe vient de faire dans ſon cabinet. Amador regardant malignement la Veuve, attendoit la réponſe, mais au diable ſi le *fotz* répondit; il ne déſerra pas ſeulement les levres faute de pouvoir prononcer un tant ſeul mot; & la queſtion ſe repliqua maintes fois avec auſſi peu de ſuccès, maugré les conjurations du Chevalier.

Adonc Amador tout hors de lui, ſoy arrachoit les cheveux de dépit & de rage, non tant de deſplaiſir de perdre le pary, que le beau don qu'il avoit reçû de la deuxiéme Fée. Cependant la Dame riant en par elle & ſe gauſſant, le agaçoit & le vilipandoit, de façon que auroit voulu être mort, quand l'Eſcuyer caché dans un cabinet, sortit d'icelui, & voyant que son Maître suoit sang & eau pour le silence du obstiné & du superbe *Forz*, si que toutes les parties de son corps en furent tant débilitées, que étoit prêt à se pâmer; & quoi donc, Monseigneur & Maître, lui dit-il? il semble que dans ce moment avez l'entendement tant embroüillé; que avez totalement mis en oubli le don des Fées: ne vous souvient, beau Sire, que la moins âgée d'elles a dit que si par cas non prévû le *Forz* perdoit la parole, son voisin la prendroit pour lui......? Ah! trop féal & secourable ami, se recria lors Amador, en soy jettant au colet de l'Escuyer, tu me rends la vie...... Bien donc, gentil petit voisin, mon bien aimé, apprends-moi pourquoi le *Forz* ne veut mie me répondre.... Eh! comment diable parleroit-il, dit lors le voiſin, d'une voix claire & haute, il a la bouche pleine de cotton ou de laine; car ce lieu eſt tant ténébreux, que je n'y vois pas trop clair. En un mot Madame, lui en a tant & tant fouré dans la bouche, qu'il eſt prêt de en étouffer. Tirez le de cettui embarras, & verrez comme quoi il bavardera; je ſçai bien l'envie qu'il a de parler, ce ne eſt de hui que nous nous connoiſſons, il ne fait preſque rien, ſur-tout en matiere de galanterie, ſans mon ſecours.

Si le Chevalier ne ſe pouvoit tenir de aiſe, la Dame Chatelaine bien ébahie étoit demi morte, & ſuffoquée de pudeur & de honte. Ah! gente Veuve, dit lors Amador toujours à genoux, jouez avec moi à beau jeu ſans villenie, arriere tout dol, malengin (1) & ſupercherie. La Dame ſe laiſſant adonc

(1) Tromperie.

amollir par les doux propos du Damoisel, qui de amoureuse tristesse, & pour voir sa Dame courroucée, répandoit de grosses larmes & en abondance ; & lui ayant octroyé de décotonner, lui-même le pauvre muet il n'eut si-tôt recouvert la parole dans les mains du Chevalier, que il parla plus que ne auroit voulu la Veuve, & sans attendre interrogation, a donc apprint d'icelui le gentil Amador, comme quoi amour ce petit archevot avoit en sa faveur subjugué le cœur de la Chatelaine, si que ne aspiroit que à le faire seigneur & maître de son corps & de toutes ses chevances.

Le Chevalier acertené du fait par le silence de la Veuve qui ne nioit les discours du *Fotz*, le print au mot, & la nopce se fit avec moult contentement du babillard qui soy ressentit bien amplement, avec jeyeuseté & à bouche que veux-tu, des plaisirs amoureux dont avoit été sevré depuis le veuvage.

Par ainsi Amador, par la faveur si singuliere des trois Fées, en soy mariant avec la Dame du Chatel, eut richesses & bobans (1) à souhait, ainsi que fortune stable & brillante, dont fit part à l'Escuyer, auquel avoit si autentique obligation; puis avec icelui passa en Portingal, où par adresse & bravoure obtint le prix de la joute: & tant plut aux Dames pendant le peu de séjour que y fit, que ne en partit sans y avoir bâti cinq ou six petits Portingalais.

La Pucelle Nocrion eut à peine finé de narrer son fablieau, que le Roi Amançon lui sauta au col, & a bien peu ne tint qu'il ne alla de vie à trepas par force de rire, puis après avoir ordonné au Secretaire

(1) De quoi vivre somptueusement.

de écrire ce conte en lettres d'or dans ses archives, se remembrant la gentillesse du coprs de la Pucelle, ensemble la grace, naïveté & modestie sans pareille, doit avoit récité l'histoire de Amador le gentil; outre plus ensuivant la prédiction du sage Nigromancien recouvrant dans le moment la santé ferme; & telle que avoit avant sa maladie, il ne voulut différer ses nopces, par quoi la gente Nocrion qui sur tout les biens qui lui pouvoient advenir, ne en désiroit un plus grand que celui-là, & connoissoit combien lui étoit avantageux, fortifiant par Blandices, Mignardises, & caresses permises l'amour du Roi Amançon, icelui la mena droit au Moustier (1), d'où après cérémonies en tel cas requises, la conduisit dans le lit royal; là en après mains baisers

(1) Au Temple.

préparatifs, plus doux que miel, qui n'étoient proprement baisers, ains appas de sucre & canelle; & avoir sucé le nectar que il cueilloit sur les lévres coralines de la Pucelle, il entra enfin dans le palais de Gnide, & eut jouissance avec elle à plusieurs reprises du plaisir le plus cher & le plus exquis que sçauroit procurer cupidon & sa mere; & comment ce Monarque ne le eut il fait avec satisfaction indicible? La Pucelle après le premier assaut soutenu par icelle avec fermeté meslée de plaintes moitié dolentes moitié joyeuses le liant dans ses amoureux bras: après lui avoir donné maints tours de bec, pigeonnant, & folastrant avec la liberté que deux époux peuvent prendre lui dit: bien, mon Roi, y a-t-il quelque vice en mon corps qui mérite le moindre dédain? Certes ce tetin

tin ne vous sembIera moI, ne l'un trop prochain de l'autre? Ces bras qui vous serrent sont charnus à suffisance, ces cuisses rondes & fermes; quand au reste ne y a rien en moi qui ne put contenter le plus grand des Dieux : & vous mon tout seul & bel ami, à qui je viens de le abandonner quel plaisir ne en avez receu, & ne en recevrez vous a volonté.

Enfin, la nouvelle Rome Nocrion fut si bonne maitresse en subtilité-feminine, & sçeut tant bien allecher Amançon par paroles lascivement honnètes, baisers pudiques, & mignards, & embrassements excitatifs, que depuis en ça, le Monarque l'aima à toujours & en eut belle & nombreuse lignée, icelle regna longues années sur le trône des Allobroges, & ne print fin comme récitent les Histoires, que par la mort du fils Dauphin, d'un certain *Humbert* qui fit présent de son Royaume au Monarque lors regnant dans les Gaules.

FIN.

www.ingramcontent.com/pod-product-compliance
Ingram Content Group UK Ltd.
Pitfield, Milton Keynes, MK11 3LW, UK
UKHW020219200726
13856UKWH00004B/1489

9 782011 943323